el Coleccionista de Palabras

dedicado a Dick Robinson,

que ha inspirado a coleccionistas de palabras en todo el mundo.

— P.H.R.

Algunas palabras en *El Coleccionista de Palabras* fueron añadidas, cambiadas o adaptadas durante el proceso de traducción del libro original en inglés, *The Word Collector*.

Some words in El Coleccionista de Palabras *were added, changed, or adapted when translated from the original English edition of* The Word Collector.

Originally published in English as *The Word Collector*

Translated by Juan Pablo Lombana

Copyright © 2018 by Peter H. Reynolds

Translation copyright © 2019 by Scholastic Inc.

All rights reserved. Published by Scholastic Inc., *Publishers since 1920.*

SCHOLASTIC, SCHOLASTIC EN ESPAÑOL, and associated logos are trademarks and/or registered trademarks of Scholastic Inc.

ISBN 978-1-338-32970-4

10 9 8 7 6 5 4 3 2   19 20 21 22 23

Printed in the U.S.A.   40

First Spanish edition 2019

The text type and display are hand-lettered by Peter H. Reynolds.

Reynolds Studio assistance by Julia Anne Young · Book design by Patti Ann Harris

el Coleccionista de Palabras

PETER HAMILTON REYNOLDS

SCHOLASTIC INC.

Los coleccionistas coleccionan cosas...

Algunas personas coleccionan sellos.

Algunas personas coleccionan monedas.

Otras coleccionan piedras.

Algunas coleccionan arte.

Algunas coleccionan insectos.

Otras coleccionan tarjetas de béisbol.

Algunas personas coleccionan cómics.

¿Y Jerónimo?
¿Qué coleccionaba ÉL?

Jerónimo coleccionaba palabras.

Coleccionaba palabras que escuchaba.

Algunas palabras le llamaban la atención.

Coleccionaba palabras que veía.

SAUCE

SAUCE
SALÓN de TÉ

Algunas palabras lo sorprendían.

Coleccionaba palabras que
leía.

Algunas palabras saltaban de la página.

Palabras cortas y dulces.

Delicias de dos sílabas.

Y palabras de varias sílabas que
sonaban como cancioncillas.

Había palabras de las que no conocía
el significado, pero resultaba

maravilloso

decirlas.

Jerónimo llenaba los cuadernos con
más y más
de sus palabras favoritas.

La colección de Jerónimo creció. Comenzó a organizar las palabras.
"SOÑADORAS" "CIENTÍFICAS" "TRISTES" "ENÉRGICAS" "POÉTICAS"
Un día, mientras las movía de lugar...

¡Jerónimo se resbaló y
las palabras salieron
volando!

Mientras las recogía, vio que
sus colecciones se habían
mezclado.

Palabras **grandes** al lado de palabras **pequeñas**.

Palabras **tristes** al lado de palabras **soñadoras**.

Jerónimo comenzó a hilar palabras.

Palabras que nunca imaginó que irían
una al lado de la otra.

SABOREAR   SUEÑOS   RODANDO   ESTRELLAS

Usó sus palabras
para escribir poemas.

Usó los poemas para hacer canciones.

Canciones que conmovieron. Canciones que deleitaron.

Algunas de las palabras más simples eran las más

contundentes.

Jerónimo coleccionó entusiasmado
más y más
de sus palabras favoritas.

VISIÓN

INFINITO  ABRAZOS

AMOR

CATARATA

HERMANO

GENIALIDAD

MOLÉCULA

PAZ

Mientras más palabras conocía,
más claramente podría compartir con el mundo
lo que pensaba, sentía y soñaba.

Una tarde en la que hacía mucho viento,
Jerónimo subió a la cima de la loma más alta,
halando un carretón cargado con
su colección de palabras.

Sonrió a medida que dejaba
que el viento se llevara
su colección.

Vio que abajo, en el valle, niños y niñas...

corrían a atrapar las palabras que volaban con el viento.

Jerónimo
no tenía palabras
para describir lo feliz
que se sentía.

BUSCA TUS PROPIAS PALABRAS
DILE AL MUNDO QUIÉN TÚ ERES
Y QUÉ VAS A HACER PARA MEJORARLO
—PETER HAMILTON REYNOLDS

SOBRE EL AUTOR

Peter H. Reynolds, quien integra la lista de escritores más vendidos de *The New York Times*, es el autor e ilustrador de muchos libros infantiles, entre los que se encuentran *The Dot*, *Ish* y *Happy Dreamer*. Sus libros han sido traducidos a más de veinticinco idiomas y son aclamados en todo el mundo. En 1996 fundó, junto con su hermano Paul, la agencia FableVision, con la intención de ayudar a crear "historias que verdaderamente importen, historias que conmuevan". Vive en Dedham, Massachusetts, con su familia.
peterhreynolds.com